Caroline Solé
Illustrations de Barbara Brun

POM

LA RÉVOLTE DES ENFANTS SAUVAGES

ALBIN MICHEL JEUNESSE

Le Kid, 1 984 habitants.
Quelque part sur la planète Terre.

Des bouts de bois flottent sur une eau verte et épaisse, aux reflets de miel. Le fleuve Twain sépare le village en deux : au sud, la zone urbaine avec sa gigantesque Tour Giga ; au nord, la zone sauvage où se sont réfugiés les animaux.

Tous les habitants du Kid vivent dans la Tour.

Enfin, presque tous…

LE
KID

Sur la rive sauvage, des fleurs de guimauve parfument l'air d'une odeur sucrée. Tout est calme. Soudain, un aboiement vient troubler le silence. Le pantalon blanc crotté de terre, les cheveux rebelles, Pom accélère en entendant la cloche de l'école retentir. Son fidèle compagnon, Apache, bondit à ses côtés.

Des boutons d'or brillent au pied des arbres.
Et des papillons blanc crème virevoltent.
Personne dans la cour. Personne à la balançoire.

Quand l’instituteur a le dos tourné, Pom s’engouffre par la fenêtre…

… se laisse tomber au sol et rampe jusqu’à sa place, le dernier pupitre au fond de la classe.

Mission réussie ! Pom se glisse sur sa chaise, et sa frimousse pimentée de taches de rousseur pétille de malice.

Pom bâille en laissant ses yeux errer sur le tableau noir, criblé de chiffres. Elle préfère courir plutôt que compter.

Sa rêverie est interrompue par l'arrivée d'une autre retardataire, qui pénètre pour la première fois dans la classe.

La peau frissonnante, mais le regard fixe, la nouvelle élève s'avance prudemment dans l'allée quand J.M., l'instituteur, lui fait signe de s'asseoir au premier rang.

Son visage poupin contraste avec son air grave. Elle est vêtue d'une longue tunique ocre qui semble avoir pris l'eau et la poussière. Elle la porte avec tant de grâce qu'un silence sidéré envahit la salle.

À la récréation, la dizaine d'enfants l'entoure pour lui poser des questions.

Muette, la nouvelle élève pointe juste son doigt vers l'horizon.

Le camp se situe tout au nord du village. Des familles exilées y vivent dans des tentes humides, tassées les unes contre les autres. Ce serait la première fois qu'un enfant du camp viendrait à l'école.

Toujours silencieuse, la fillette s'éloigne du groupe et se réfugie sous un arbre. Elle n'a pas de sac ni de pique-nique.

Pom hésite, puis finit par la rejoindre et s'assoit sur le pneu qui sert de balançoire.

Je m'appelle Pom. Comme j'ai pas de parents, on a dit que j'étais tombée de l'arbre.
Les enfants du Giga me surnommaient « Pomme pourrie » quand j'étais p'tite. Jusqu'à ce que je distribue quelques tartes et qu'ils tombent dans les pommes.
Faudrait pas me prendre pour une prune ! Tu t'appelles comment, toi ?

Mais la nouvelle reste muette.

Pom sort alors d'une boîte en fer un sandwich préparé à la hâte, plein de mayonnaise, et le coupe en deux. Elle tend un bout à sa mystérieuse voisine, qui a l'air si triste et timide.

Alors que les deux fillettes mangent en silence, un grésillement se propage dans l'air. Le sol vibre lorsque des dizaines d'animaux apeurés sortent brusquement de tous les côtés : des biches, des renards, des lièvres, des nuées d'oiseaux s'enfuient vers le nord !

L’instituteur sort en trombe de la salle de classe.

– Je file au Giga pour voir ce qui se passe.

Pom tente de rassurer la nouvelle élève :

– C’est encore la Tour Giga qui surchauffe ! Viens, on doit rejoindre les autres pour s’abriter.

Les enfants se sont réfugiés au Colorama, qui se trouve au-dessus de leur classe. C'est le lieu préféré de Pom, à l'école : une grange aménagée en salle de dessin.

Eh ! laissez-nous un peu de place !

Au sud du fleuve Twain, tous les habitants vivent dans la Tour Giga. Ils passent leur temps sur leur scroog, un mini-ordinateur ultra-puissant. Seule une poignée d'enfants ne vit pas dans la Tour, mais à l'école en bois : le clan des enfants sans parents. Pom, elle, vit dans une cabane avec sa grand-mère, au cœur de la forêt.

Dans la zone sauvage, les enfants refusent d'avoir un scroog. Ils préfèrent jouer près du fleuve, construire des cabanes et dessiner au Colorama.

À cause de la Tour Giga et des scroogs, un grésillement se propage constamment dans l'air et perturbe la nature : la température augmente, la terre et les plantes s'assèchent, les animaux fuient.

Dans la zone sauvage, un vent de révolte se soulève… Et ce sont des enfants qui organisent la résistance.

– Tu comprends le giga-pépin de notre village ? demande Pom à sa nouvelle camarade. Comme tout le monde passe son temps sur son scroog, ça grésille trop. Purée, ça m'rend rouge colère ! Pour protéger la nature, il faudrait éteindre les scroogs au moins une heure par jour.

On n'a qu'à demander à ma grand-mère Georgia de raconter une histoire.
Les adultes, ils s'en fichent des histoires !
À part Le Scoop du scroog qui répand les potins du Kid, plus personne ne lit ou n'écoute des histoires…
Oui, mais là, ce sera différent.
Pourquoi ?
Parce qu'on va organiser une grève du sommeil !

Après des nuits sans dormir, les adultes seront si fatigués qu'ils accepteront notre revendication :
éteindre les scroogs une heure par jour le temps d'écouter une histoire.
Mais, pour que le plan fonctionne, on va devoir s'allier aux enfants du Giga.
Ils ne voudront jamais ! Ils s'en fichent de la nature.
À nous de les convaincre. On ne va quand même pas laisser la Tour détruire Le Kid !

Lorsque les enfants sortent du Colorama, le grésillement fait encore vibrer le sol, et les bêtes ont disparu. Pom désigne la pancarte en bois plantée devant la grange à la nouvelle élève.

– Quand on aura trouvé le nom de notre bande, celle des enfants libres qui n'utilisent pas les scroogs, on le gravera là. Tu ne veux toujours pas me dire comment tu t'appelles ?

Sa voisine semble ne pas avoir entendu la question. Elle sort pourtant un petit carnet gondolé d'une poche de sa tunique et y inscrit un mot : AKHÉNATA.

– T'écris bien ! s'exclame Pom. Tu comprends notre langue, alors ?

Akhénata rougit légèrement, sans répondre.

Pom ne se laisse pas décourager.

– Tu viens avec nous, hein ? On a besoin de toutes les forces pour convaincre les enfants du Giga de suivre notre grève du sommeil.

Le soleil brûlant inonde l'horizon. Les enfants traversent le fleuve dans des embarcations qu'ils ont construites eux-mêmes avec du bois, du feuillage et des pneus.

Pom guide l'un des radeaux à l'aide d'une longue branche. À l'arrière, son copain Billy a pris place avec Apache. À côté de Pom, Akhénata tremble de tout son corps. Cette traversée lui en rappelle une autre, beaucoup plus longue et effrayante. Mais elle contient sa peur, car elle ne veut pas faire échouer le plan.

Une autre raison, aussi, réveille son courage.

D'habitude, à l'évocation du camp, les habitants du Kid se détournent d'elle.

Mais Pom a partagé son sandwich et l'a aidée à monter sur son radeau. Alors, pour la première fois depuis longtemps, Akhénata éprouve une envie : rester avec Pom.

Les enfants parviennent à la décharge numérique près de la Tour. Pom, Billy et Akhénata ouvrent la marche. La bande de Boy, le caïd du Giga, qui fait deux têtes de plus que ses copains, les encercle. La nouvelle élève ne passe pas inaperçue.

– Vous avez vu ses vieux habits ? Elle doit vivre au camp ! souffle Boy.

La rumeur se répand, telle une insulte. « Elle vit au camp... au camp... »

Boy, intrigué par l'étrangère, s'approche pour se prendre en photo avec elle.

Tous les enfants du Giga ont un scroog, mais Boy est le seul à avoir le grand modèle doré des adultes.

– Faux sourire et vrai crétin ! s'agace Pom en se plaçant devant Akhénata pour la protéger.

– On va bientôt construire un mur entre le Giga et la zone sauvage. Bon débarras, les filles ! les provoque le caïd.

Apache se met à aboyer.

– Oh, tu rêves ! Ce n'est pas un mur qu'il te faut, mais un cerveau, réplique Pom, qui lève son poing pour montrer à Boy qu'elle n'est pas intimidée.

– Laisse tomber, tente de la calmer Billy. Tu sais bien que ses parents, obsédés par leurs scroogs, ne s'occupent plus de lui.

Pom réfrène sa colère pour ne pas faire échouer leur plan. Elle explique aux enfants du Giga pourquoi ils ne devront pas dormir les prochaines nuits.

– Vous n'en avez pas marre que vos parents soient toujours sur leurs scroogs ? Il est temps que les enfants soient moins crétins que les adultes !

– Tu nous donnes quoi en échange, si on le fait ? demande crânement Boy.

Les enfants du Giga écarquillent les yeux en entendant la réponse de Pom :

– On vous montrera comment faire une cabane.

Ils n'ont pas le droit d'aller dans la zone sauvage et n'ont jamais couru dans la forêt. Alors l'idée d'avoir une cabane les emballe. Même Boy accepte de faire la grève du sommeil !

Pom lui serre la main pour sceller leur alliance temporaire.

Après avoir raccompagné leurs camarades à l'école, Pom et Akhénata s'assoient sur un banc, dans la cour de récré.

L'école se situe au départ de deux sentiers : celui de gauche mène au refuge de Pom et de sa grand-mère, dans la forêt, et celui de droite continue plus au nord, vers le camp.

– Tu vis avec ton papa et ta maman ? demande Pom à sa voisine, toujours silencieuse.

Akhénata se contente de baisser deux fois le menton, légèrement, pour dire oui.

– Tu as de la chance, soupire Pom, qui n'a plus ses parents.

Un chagrin saisit pourtant Akhénata. Elle tait bien trop de secrets.

– C'est quoi ta lettre préférée ? Moi, c'est A comme aventure ! lâche Pom en se levant énergiquement pour se remettre en route.

Avant de se lever à son tour, Akhénata griffonne discrètement un mot sur son carnet.

La nuit venue, une agitation tout à fait inhabituelle s'empare de la Tour. Alors que les plus jeunes s'endorment d'habitude le nez dans leur mini-scroog et les adultes, le nez dans leur maxi-scroog, personne ne dort. Les enfants du Giga ont mis le plan de Pom à exécution : ils crient, lancent des oreillers, courent dans leur chambre en imitant le sifflement du train.

Le même scénario se reproduit la nuit suivante.

Et celle d'après.

Et celle encore d'après.

Après quatre nuits blanches, les adultes sont si fatigués que certains oublient de recharger leur scroog et s'évanouissent d'effroi en s'apercevant qu'ils sont déconnectés.

De retour au Giga, brandissant un drapeau blanc devant elle tel un chevalier, Pom s'avance vers la délégation des adultes qui a accepté d'entendre les revendications des enfants.

Akhénata note quelque chose dans son carnet, puis le montre à Pom.

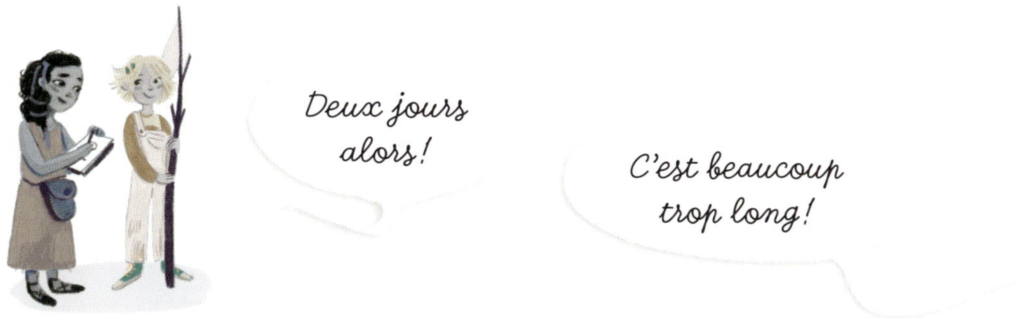

Akhénata griffonne un autre chiffre.

Les deux négociatrices échangent un regard complice. Akhénata note encore un chiffre avant de lever son carnet en direction de la délégation. Pom déclare alors :

Épuisés et de guerre lasse, les parents finissent par capituler. Ils acceptent d'éteindre leurs scroogs une heure par jour, le temps d'écouter une histoire lue à tout le village. Des cris de joie résonnent sur le parvis de la Tour.

Pour sa première heure de lecture à voix haute au Giga, la grand-mère de Pom a choisi une aventure qui se déroule au bord d'un autre fleuve, le Mississippi.

Georgia, dite « la Grande Georges », impressionne tous les habitants. Une pellicule blanche recouvre ses yeux clairs, comme si elle était aveugle. Pourtant, elle a encore une vue d'aigle, et son regard brille d'intelligence.

En escortant Georgia jusqu'à la Tour, les enfants entendent les adultes ronchonner et s'agiter nerveusement, car ils n'ont plus de connexion sur leurs scroogs.

– Je ne sais pas quoi faire…

– Je veux mon scroog !

– Je m'ennuie !

– Vous êtes des parents pourris gâtés ! Arrêtez de chouiner et venez écouter l'histoire, s'exclame alors Pom.

Installée confortablement sous une tente, Georgia passe délicatement ses doigts ridés sur la couverture du livre, comme si c'était un objet précieux. Puis, d'une voix forte et envoûtante, elle se met à lire l'avertissement inscrit sur la première page :

– « Quiconque essaiera de trouver un motif à ce récit sera poursuivi ; quiconque essaiera d'y trouver une morale sera exilé ; quiconque essaiera d'y trouver une intrigue sera fusillé. Par ordre de l'Auteur.* »

* *Les Aventures de Huckleberry Finn*, de Mark Twain.

Les enfants de l'école en bois, assis à côté de leur instituteur, J.M., ouvrent la bouche, déjà happés par les mots. Les autres se figent, interpellés. À chaque phrase, un enfant du Giga ou un adulte embarque dans l'aventure et vient s'asseoir près de Georgia.

Tout Le Kid écoute bientôt le récit, les yeux brillants.

La lune brille dans le ciel, une paire d'étoiles lui tient compagnie. Les enfants sauvages sont retournés dormir à l'école. Akhénata et Pom ne veulent pas encore se séparer.

Akhénata sent son cœur se serrer. Elle se demande si Pom voudra encore jouer avec elle demain. Si Boy la fera trébucher ou construira un mur pour les empêcher de gagner l'autre rive.

Pom caresse Apache, le cœur lourd, elle aussi.

– Mes parents, comme ceux des autres enfants de l'école, ont disparu en construisant la Tour, ose-t-elle enfin confier à Akhénata.

La fillette ne parle toujours pas, mais la couve du regard.

– Si je te dis un secret, tu le garderas pour toi ? murmure Pom.

Akhénata tend l'oreille.

– Il existe un livre où les ancêtres du Kid racontent les secrets du village et leur plan pour construire la Tour. Ma grand-mère dit qu'il pourrait expliquer la disparition de nos parents. Ce livre… Il serait enterré… dans le camp. Tu m'aiderais à le trouver, dis ?

Sans parvenir à parler, Akhénata ouvre grand ses yeux luisants pour acquiescer. Émues, les deux amies échangent un long regard.

Sous la lune, Pom et son chien disparaissent sur le sentier boisé pour rejoindre leur refuge. Avant de repartir plus au nord, vers le camp, Akhénata s'approche du Colorama. Avec une pierre aiguisée, un discret sourire aux lèvres, elle grave sur la pancarte en bois le nom de leur bande, qu'elle vient d'inventer.

Retrouvez la suite des aventures
de Pom et des enfants sauvages en octobre 2021.

Conception graphique : Delphine Guéchot

Imprimé en France par Pollina en mars 2021 - 97213
Dépôt légal : avril 2021
Numéro d'édition : 24377/01
ISBN : 978-2-226-45996-1